O sumô que não podia engordar

ERIC-EMMANUEL SCHMITT

O sumô que não podia engordar

Tradução
Eliana Sá

Revisão técnica
Marina Mariz

Sá editora

Título do original em francês: *Le sumo qui ne pouvait pas grossir*

Capa
João José (joaojose@inbook.com.br)

Ilustração de capa
Nireuda Longobardi

Revisão
Milfolhas Produção Editorial Ltda.

Projeto Gráfico (miolo)
Eveline Albuquerque

Impressão
RR Donnelley

Catalogação na fonte

Schmitt, Eric-Emmanuel
O Sumô que não podia engordar. / Eric-Emmanuel Schmitt; tradução Eliana Sá. São Paulo : Sá Editora, 2009.

Título original: Le sumo qui ne pouvait pas grossir
ISBN 978-85-88193-50-5

1. Literatura francesa I. Título.

CDU - 804

(elaborada por Silvia Maria Azevedo de Oliveira - CRB/8-4503)

SÁ EDITORA
Tel./Fax: (11) 5051-9085 / 5052-9112
E-mail: atendimento@saeditora.com.br
www.saeditora.com.br

Sou uma pessoa magra, esbelta, esguia e não compreendo por que, sempre que passa diante de mim, o senhor Shomintsu exclama:

– Vejo um gordo em você!

Fico louco da vida. De frente, pareço uma pele de arenque posta a secar sobre um palito de fósforo. De perfil... Nem dá para me ver de perfil, pois acho que fui concebido somente em duas dimensões e não em três; como um desenho, me falta relevo.

– Vejo um gordo em você.

Nos primeiros dias, eu nem respondia, porque não tinha confiança em mim: frequentemente eu imagino que as pessoas estão me agredindo com suas palavras ou caras pouco amistosas até descobrir que é uma impressão errada, que eu interpretei mal, deformei, vi em sonhos.

Paranóia, eu acho que é como se chama este tipo de ilusão de repetição, sim, devo estar paranóico, além de alérgico.

– Calma, Jun, você se massacra pensando assim – eu me recrimino. Este velho babaca não pode ter dito isso.

Na terceira vez, enquanto Shomintsu se aproximava, eu tentava demonstrar que tinha as orelhas tão abertas quanto as pernas de um goleiro antes de receber um tiro de meta: preparado, sem deixar de ouvir uma palavra ou perder uma sílaba, eu interceptaria o menor rosnado que este engraçadinho me endereçasse e responderia à altura.

– Vejo um gordo em você.

– Vai se ferrar!

Agora eu estava certo que ele tinha me ouvido bem.

Mas ele, ao contrário, pareceu nem ter registrado minha resposta: simplesmente sorriu e continuou andando como se eu não tivesse dito nada.

Na manhã seguinte, parando bem na minha frente, ele quase grita como se tivesse se inspirado para falar aquelas palavras naquele instante:

– Vejo um gordo em você!

– Você tem miolo de grilo ou o quê?

Parecia que não tinha jeito! Era tiro e queda! Todos os dias, ele voltava ao mesmo mote:

– Vejo um gordo em você.

– Vai se catar!

Era mais ou menos o que eu respondia cada manhã, com as seguintes variáveis, dependendo do meu grau de exasperação: “É melhor o senhor colocar os óculos, vovô, senão vai bater com a cabeça na parede”, “Já mandei gente para o hospital por menos que isso!” ou “Vou acabar te obrigando a engolir os três dentes que te restam”.

Imperturbável, Shomintsu encolhia os ombros e continuava seu caminho, tranquilo, impenetrável aos meus insultos. Uma tartaruga. Eu tinha a impressão de conversar durante trinta segundos com uma tartaruga, de tanto que o rosto dele era enrugado, amarelado, desprovido de pelos, seus olhos minúsculos com pálpebras caídas; sim, uma tartaruga com o pescoço ressecado, curvado, embaixo de um crânio pesado que sumia dentro das dobras impecáveis de sua roupa bem passada, como uma carapaça rígida. Eu ficava me perguntando qual doença motivaria seu imutável comportamento. Seria ele cego, surdo, cretino ou covarde? Ah, com esse cara nem precisava escolher uma opção, eu fecharia com todas!

Você me diria que para me livrar dessa situação eu teria apenas que evitar aparecer toda manhã neste cruzamento; só que eu não tinha essa escolha. Aos quinze anos, é preciso ganhar o pão de cada dia. Sobretudo se não se tem mais ninguém com quem contar. Se eu não me plantasse mais na esquina da Rua Escarlate, sob a marquise de um edifício de tijolos cor-de-rosa onde se publicavam as revistas ilustradas mais conhecidas do Japão, um lugar estratégico situado entre a saída do metrô e o terminal de ônibus, eu não teria chance alguma de ter tantos clientes para quem oferecer minha mercadoria.

Na verdade, ele me deixava intrigado, esse senhor Shomintsu, ele mexia em algo muito frágil na minha personalidade. Ao longo do dia, havia pessoas inteligentes, bem intencionadas, me bombardeando com perguntas como: "Por que um garoto dessa idade não está na escola?", "Você não tem pais que cuidem de você? Eles morreram?", e outras palavras sensatas, coerentes, às quais eu nunca respondia.

Ah, sim, às vezes uma outra questão aparecia: "Você não tem vergonha de vender isso?" Para este golpe, eu tinha uma resposta pronta: "Não. Eu teria vergonha de comprar", embora eu não a tenha jamais utilizado, visto que eu não podia me arriscar a ter que sair correndo dali.

Assim, este Shomintsu que me via "gordo", possuía a vantagem de caminhar como que desorientado, com a cabeça noutro lugar: nesta cidade de Tóquio, onde a multidão anda sempre no mesmo sentido, onde as pessoas se parecem muito, ele era diferente. Eu não diria que me era simpático, não, eu não gostava de ninguém, mas que eu o considerava um pouco menos antipático que os demais, isso sim.

É preciso dizer também que, nessa época, eu sofria de alergia. Eu era intolerante a todo mundo. Inclusive a mim mesmo. Eu sofria de alergia universal: um caso de interesse para a medicina, se ela se detivesse sobre meu problema. Nada me atraía, tudo me repugnava, viver me provocava descontentamento, respirar me dava nos nervos, olhar ao redor me dava ganas de arrebentar o cérebro contra a parede, observar os humanos me causava náuseas, suportar suas conversas cobria minha pele de eczemas, estar próximo de sua fealdade fazia-me tremer de aflição, frequentá-los travava minha respiração; quanto a tocá-los, só de pensar, me dava ânsias de fugir. Em poucas palavras, eu organizara minha existência em função de minha doença: dera adeus à escola, não tinha amigos, cumpria meu ofício sem uma palavra, me alimentava de produtos industrializados – conservas em latas, sopas liofilizadas – eu comia isolado, escondido entre as madeiras de um canteiro de obras, e, à noite, ia me recolher em lugares desertos, frequentemente mal-cheirosos, onde acabava dormindo sozinho.

Até pensar fazia me doer a cabeça. Refletir? Inútil. Recordar? Eu evitava... Prever? Eu evitava também. Eu estava desligado do passado e do futuro. Ou, ao menos, eu imaginava isso... Sufocar minha memória não me causava problemas de tanto que ela carregava lembranças sofridas; o mais complicado era parar de sonhar com cenas prazerosas. Eu interditava meus sonhos, pois sabia que iria sofrer muito quando acordasse e descobrisse que era tudo impossível.

– Eu vejo um gordo em você.

Por quem me tomava esse maluco? Eu nem respondi. Tinha a cabeça mergulhada dentro de um mundo de tantas considerações sinistras que nem reparei em Shomintsu, sua parada, sua atenção, sua frase.

De repente, ele repetiu alto:

– Eu vejo um gordo em você.

Eu levantei os olhos. Ele percebeu que eu o ouvia e insistiu:

– Você não acredita em mim e, no entanto, eu garanto que vejo um gordo em você.

– Escute aqui, cabeção, não estou nem aí para suas provocações! Não quero falar com ninguém: não me enche! Sacou?

– Por quê?

– Eu tenho alergia.

– Alergia a quê?

– Alergia universal.

– Desde quando?

– As alergias parecem que vêm de repente, subitamente um dia você acorda e percebe que está alérgico. Bela porcaria, essa! Para mim, a alergia veio progressivamente. Não sei quando foi que começou. Tenho apenas consciência de ter sido há muito tempo.

– Eu entendo, eu entendo... – ele murmurou num tom de conhecedor.

– Não, você não entende nada! Ninguém me compreende e você, menos ainda. Tudo isso que você diz enxergar, não existe.

– Sua alergia?

– Não, imbecil; o gordo em mim!

Extenuado, eu tinha conversado mais do que em seis meses. Para acabar com ele, levantei as pernas da minha calça de abrigo.

– Olhe bem, cabeção, eu tenho os joelhos mais largos que as coxas.

Nessa época, eu me orgulhava de meus joelhos, que eram feios, desproporcionais em relação ao meu corpo. Como eu me odiava, não aceitava nada em mim que não fosse monstruoso; quase que inconscientemente, eu tinha desenvolvido um encanto pessoal às avessas pelos meus defeitos, meu raquitismo, meus joelhos canhestros e meu pomo-de-adão proeminente.

– Olha aí, gente boa, eu tenho o *look* franguinho. Articulações volumosas, nada de carne ao redor.

Shomintsu aprovou com sabedoria.

– Esta sólida consistência óssea confirma minhas intuições! – ele exclamou. – Há um gordo dormente em você! Basta acordá-lo e nutri-lo, que ele desabrochará.

– Para com isso! Eu não tenho interesse de virar gordo.

– Ah, não? Você se prefere esquelético... Ou, sem dúvida, se adora magro?

– Não estou nem aí! Não entendeu? Eu sou alérgico. Tenho alergia universal! É difícil entender o que eu estou falando?

Eu tinha falado para ouvidos surdos; mordi meus lábios para impedi-los de continuar. Por que eu me abria para esse maluco? O que estava me acontecendo? Uma crise de sinceridade? Como se a alergia crônica já não fosse merda o bastante...

Ele me ofereceu um ingresso.

– Pegue. Venha assistir ao espetáculo.

Sem pensar, eu afastei a mão dele porque experimentava uma repugnância instintiva a tudo que se me assemelhava à generosidade.

– Não.

– Você recusa e nem sabe o que lhe ofereço.

– Não quero isso.

– É pena, porque será uma competição soberba.

– Competição de quê?

– Competição de sumô. Eu dirijo uma escola de luta. Grandes campeões vão se enfrentar no sábado.

Eu desatei na gargalhada. Eu me divertia sinceramente, fartamente. Se eu tinha uma certeza, era a de que jamais iria assistir a uma luta de sumô, a pior coisa que tinha no Japão, o cúmulo dos cúmulos, o Fujiyama do horror.

– Uma montanha de toucinho de duzentos quilos com fita no cabelo, quase despido, uma faixa de seda na bunda, se mexendo sobre um ringue em círculo, não, obrigado! Não adianta apenas me dar um convite, precisaria também me pagar para que eu fosse ver dois sacos de gordura se atracando pela goela. Pagar-me caro. Muito caro!

– Quanto? Quanto? – insistiu Shomintsu. – Quanto eu preciso lhe pagar para que você assista a um campeonato de sumô?

Decidido, ele procurava o dinheiro no bolso. Mas não tinha jeito, esse cara! Eu respondi com uma entonação bem desagradável:

– Não insista, cabeção. Não adianta. Que tal me comprar uma mercadoria se quer me ajudar?

Eu apontei para os objetos alinhados a meus pés sobre um pano no chão de asfalto, minha razão de estar nessa esquina lotada de pedestres, embora eu fosse alérgico à humanidade. No espaço de um segundo, ele me lançou um olhar e resmungou:

– Ah, não, eu teria vergonha de comprar um negócio desses!

Aí, ele tocou no ponto certo, porque era exatamente o que eu pensava.

Deixando de lado minha proposta, ele considerou de novo o maço de notas enroladas que tinha na mão.

– Pegue aqui, olhe o que eu tenho!

Ele jogou as cédulas sobre o pano, depois depositou delicadamente a entrada; virando nos pés, foi embora.

Ele me surpreendeu tanto, que fiquei ali parado, imóvel, paralisado. Em seguida, verificando se ninguém havia presenciado a cena, abaixei, apanhei o dinheiro e guardei-o em meu bolso. Era estranho. Eu sentia quase vergonha de ter ganhado tanto sem nenhum esforço.

Para me livrar deste sentimento desagradável, agarrei a entrada do espetáculo e a rasguei. "Não, não irei a esta luta de sumô. Não, Tartaruga, não há nenhum gordo adormecido dentro de mim. Não, vovô, o senhor não me compra." A cada pedacinho de papel rasgado que passava por meus dedos, vinha a sensação inteira de reconquistar minha dignidade.

Nos dias seguintes, os acontecimentos se voltaram contra mim. Por necessidades de meu comércio, decidi me transferir daquele lugar, o que provocou catástrofes sucessivas. Na realidade – e isto eu só compreendi depois –, os pretextos dos quais eu me servia para me convencer a mudar escondiam uma única razão: evitar rever Shomintsu. Mal acreditava em mim...

Eu me instalara em um bairro novo e tinha arrumado minhas mercadorias na esquina de uma avenida bem movimentada.

Não demorou uma hora para que eu descobrisse que, cinquenta metros à direita, cinquenta metros à esquerda, dois homens arrumavam a seus pés produtos idênticos aos meus. Foi só se darem conta da minha presença que eles vieram me pedir para sair dali.

– Mas por quê? – retruquei. – Vocês são donos da rua, por acaso?

– Um é bom, dois é demais, três é impossível. Você nos atrapalha, bobão!

– Eu não me incomodo nada, nada, se um de vocês for embora.

Percebendo que os concorrentes se odiavam, eu imaginei diabolicamente colocá-los em disputa, um contra o outro. Pensei mal! Pois aconteceu exatamente o contrário: os inimigos enfurecidos partiram contra o intruso. Não adiantou gritar, contra-atacar, me debater, eles acabaram por confiscar minhas mercadorias e jogaram tudo no esgoto. Eu teria continuado a bater, depois de tentar render a dupla, depenando suas mercadorias, mas percebi rapidamente que era melhor primeiro tentar recuperar a minha!

Atrás dos armazéns onde operava o tráfico de contrabando que me permitia sobreviver, eu perdi muitas horas tentando convencer meu fornecedor, um chinês com dentes de ouro que não pronunciava nunca uma frase completa, que sequer utilizava as palavras; ele se contentava em enumerar as somas, apontando quem lhe devia e de quem devia receber.

Felizmente, graças ao dinheiro que Shomintsu me havia deixado, eu pude me arranjar outra vez. Entretanto, assim que a noite caiu e eu deixava a rua, quatro viaturas policiais apareceram numa blitz inesperada!

Tive um bom reflexo, embora um pouco tardio; "bom reflexo", porque num gesto brusco, eu me desfiz de minhas caixas, para virar um pedestre passando por ali por acaso; "um pouco tarde", porque um dos policiais teve tempo de perceber o truque. Este, o mais jovem deles, bem magro, uma cobra, que descoloria o cabelo para ficar loiro, mas como esse seu cabelo era muito resistente, ele só tinha conseguido um tom laranja, começou a vociferar como se tivesse acertado na loto.

– Ele jogou fora as caixas! Ele jogou as caixas! – ele gania, a cabeça para fora da viatura.

Quem ele pensava que era, esse aí? Ele achava que estava atuando em algum filme americano ou o quê?

Eu fiz cara de quem não entendia nada, procurando a pessoa atrás de mim a quem ele parecia se dirigir.

Teimoso, arrogante, feroz em seu papel de "eu sou o melhor policial de Tóquio", ele brandia sua arma, mirando meu rosto, vociferando uma fórmula que devia significar: "deite-se no chão", mas que soava ininteligível pelo esganiçado de sua voz e, como eu não reagia, ele saltou do carro, jogando-me ao chão. Que imbecil!

Enquanto isso, seu colegas vasculhavam tudo ao redor, correndo pelas ruas e armazéns. As sirenes ajuntavam sua estridência à angústia que se instalava nos arredores.

Eu esperei alguns segundos, o tempo de me recuperar da queda, o tempo de medir meu azar de ter topado com um zeloso e histérico defensor da lei.

– Me larga – murmurei calmamente.

– Você jogou as caixas!

– Não.

– Sim, você se livrou das caixas! Eu vi!

– Prove.

– Eu sou policial. Vão acreditar em mim.

– Ah, claro, em você, sua coisinha qualquer. Dá pra acreditar num japonês que quer se passar por sueco e que nem consegue parecer com um atorzinho qualquer? Antes de testemunhar, mude de cor, Goldorak, senão os jurados vão vomitar!

Evidentemente, eu não conseguia me conter: a cada palavra que eu pronunciava, eu agravava meu caso, pois quanto mais o tipo pesava sobre mim e me impedia de levantar, mais eu queria insultá-lo, ofendê-lo.

– Seguro que é melhor cortar o som quanto você berra, senão vão pensar que você prendeu as bolas no zíper. Dito isso, se tirarmos o som da versão original, você se transforma em super-herói, Goldoroux! Uau, você não hesitou, foi magistral, você se precipitou sobre um inimigo muito frágil, um adolescente de quinze anos, inocente. Até mesmo sacou seu Colt, campeão! Bravo! Você sabe que foi um revólver de verdade que lhe entregaram na escola de polícia e não um de plástico, como aquele que ganhou da mamãezinha no seu aniversário? Hein, você percebe a diferença? Você perdeu a noção das cores, mas eu espero que tenha guardado o sentido das coisas. É de verdade, não é falso!

Assim que ele me mandou levantar, eu descobri seu rosto lívido e crispado de cólera, seus olhos nublados, e me levantei rapidamente.

Não se deve humilhar muito um japonês, senão ele atira. Uma palavra a mais e eu me transformaria em bravura policial.

Fui conduzido ao posto policial. Fui interrogado. Como de hábito, não respondi a nenhuma pergunta concernente à minha identidade, meus pais, minha família, meu endereço. Uma bosta de cachorro teria sido mais loquaz, teria deixado suas pistas; eu, nenhuma.

Deixei-os espantados.

Se havia falado muito antes de ser preso, agora eu estava completamente mudo. Inquebrantável.

Enquanto eles reviravam as famosas caixas de mercadorias que abriram bem na minha frente, eu dirigi um olhar consternado para as coisas que eles retiravam de lá, dizendo:

– Eu teria vergonha de vender isso.

Constrangidos – pois pareciam estar de acordo –, eles não insistiram mais.

Minha apatia os havia deixado fatigados. Quando perceberam que não podiam me prender nem conseguiam suportar sua impotência, eles acabaram – como fazem todos os policiais ou os assistentes sociais comigo – por me mandar de volta para a rua.

O problema era que eu havia gasto todo o dinheiro de Shomintsu para comprar um material que a polícia da aduana tinha confiscado. Eu iria viver do quê?

Olho por olho, dente por dente, só havia uma solução: roubar as reservas dos dois concorrentes que, na véspera, tinham jogado minhas mercadorias no esgoto.

Decidi que não iria me vingar em plena luz do dia – muito perigoso –, mas descobrir onde eles moravam para ir roubar por lá mesmo.

Não foi fácil conseguir o meu intento, porque os bandidos eram desconfiados e estavam sempre vigilantes. Entretanto, após muitos dias de observação, eu descobri seus respectivos esconderijos e, aproveitando-me de uma noite de sábado, quando todo mundo ia encher a cara de saquê, saqueei suas reservas com o sentimento de estar recuperando minha grana.

No domingo decidi não ir trabalhar e fui até o endereço oficial que havia dado, uma caixa postal entre várias outras, estas verdadeiras, em um prédio onde eu não morava mais, já que dormia ao relento. Uma correspondência me esperava.

Pegando o envelope, logo reconheci os selos usados por minha mãe.

Sem abrir, enfiei o envelope em minha mochila, onde ele se juntou a outros no mesmo estado. Eu jamais abria as cartas que minha mãe me enviava. Em todo o caso, eram outras pessoas que as escreviam, já que ela era analfabeta. A prosa de uma analfabeta, obrigado! Aquilo não devia ser recente nem original. Passei o dia dormindo debaixo de um viaduto de uma estrada, embalado pelo barulho dos carros.

Segunda de manhã, eu estava outra vez no meu lugar habitual, embaixo do prédio das fotonovelas, feliz, confiante de poder retomar meu trabalho.

Shomintsu se plantou à minha frente, com um olhar severo.

– Você não foi sábado.

– Ah?

– Mas eu lhe paguei!

– Ah, não enche! Eu já lhe falei, sou muito caro para você. E depois, eu não aceitei o trato.

– Pegue. Dessa vez, eu não lhe dou mais o dinheiro, apenas uma entrada nova.

– Eu não irei jamais ver um concurso de salsichas que dão cambalhotas.

– Você está enganado. Eu vejo um gordo em você.

Ele largou outro ingresso no chão e foi embora.

Por uma razão que ainda ignoro, eu peguei o papel e o enfiei em minha mochila.

Logo os acontecimentos se sucederam. Começou por uma velha, que provocou uma confusão criticando o que eu vendia: eu tentei me defender, mas ela bradava num crescendo:

– É uma vergonha! Uma vergonha!

– O quê! – eu protestava. – Patinhos de plástico para colocar na banheira, por que seria uma vergonha?

– Mas alguns desses patinhos têm seios, um busto de mulher. E aquele lá, com os mamilos vermelhos? Parece mais com uma sereia do que com um pato.

– Precisaria ouvi-la cantar para ter certeza – respondi.

– Aqueles outros lá não são sereias mesmo, são claramente mulheres nuas de plástico.

– Não se tem o direito de colocar mulheres peladas para tomar banho?

– Não.

– Então como é que a senhora se lava, madame?

– Insolente! Bandido! Desordeiro!

Bufando de raiva, a mulher foi embora. Como seu alarido havia atraído os curiosos, eu descobri os benefícios da publicidade pelo escândalo, porque vendi copiosamente durante a hora seguinte.

Tão copiosamente, que não vi chegar os policiais da véspera, que, salivando, furiosos, tinham me cercado, pedindo vingança.

Eles me alcançaram os ombros antes que eu tivesse tempo de reagir.

– Você tem uma permissão, uma licença para o comércio de rua?

– Bem...

– Quem é seu fornecedor? Quem o sustenta? Cadê as notas fiscais?

Essas perguntas levavam à casa de correção de menores onde iria acabar minha vida se não improvisasse uma parada imediata.

Comecei a gritar, o rosto deformado pela dor.

– Ai!

Diante da força de meus gritos, eles relaxaram um pouco a pressão.

Eu gritei mais ainda.

– Ai! O senhor está pegando bem onde meu pai me bateu ontem.

Instintivamente, eles retiraram as mãos de meus ombros, subitamente inquietos de estarem mexendo com uma vítima.

Sem perder tempo, eu saí correndo à toda, deixando para trás minhas mercadorias.

Corri por uma hora pela cidade, atravessando inúmeros bairros para estar seguro de não cruzar novamente com eles; não parei até que me faltasse o fôlego e, com a testa fervendo e os olhos saltando, eu nem sabia mais onde estava.

Escondido atrás do lixo de uma pizzaria, eu acabei fazendo algo impensado. Para evitar sentir-me muito sozinho, abri minha mochila, a única coisa que me restava, e, então, sentando no chão frio, retirei do meio de minha roupa suja a correspondência enviada por minha mãe, aquela que eu havia recebido há meses, mas tinha me recusado a abrir.

Rasguei os envelopes.

O que poderia me dizer esta mãe que eu havia deixado sem qualquer explicação, abandonando-a numa manhã, num subúrbio distante, não deixando nem um endereço falso em Tóquio?

E, sobretudo, como ela conseguiu escrever, a analfabeta! Expulsa da escola cedo, hermética aos caracteres, não sabendo nem ler nem escrever, a quem teria pedido ajuda? A qual vizinho? A qual desconhecido? Um estranho teria ouvido suas mensagens antes de mim, uma das razões que me levavam a desprezá-las... Minha mãe sempre falou com os outros antes de se dirigir a mim, minha mãe sempre tinha discutido com os outros antes de pedir minha opinião, minha mãe sempre dava mais atenção aos outros do que a mim. Sim, eu sempre tive esta convicção: eu era a menor das suas preocupações.

O que haveria naqueles envelopes?

No primeiro, havia uma folha branca. Eu a olhei de um lado e de outro, aproximei-a, afastei-a, depois a examinei à contraluz e foi quando percebi uma manchinha redonda, que se entranhando na trama do papel, sombreava a cor dele. Reconheci uma lágrima: mamãe havia chorado na minha partida.

No segundo envelope não havia papel algum. Mas no fundo dele, entre as pregas, havia um pedacinho de lã amarelo-pálida, macio, um fio de mohair, o tipo de fio com o qual ela tricotava as roupas de minha infância. Aquilo significava: eu te aperto em meus braços.

No terceiro, não havia nada. Eu o balancei várias vezes, desejando detectar um detalhe que me surpreendesse. Finalmente, rasgando o envelope, reparei que no interior da aba havia uma marca de batom que me sussurrava: um beijo.

O quarto se explicava claramente: trazia uma pedrinha cinza, triangular, com ângulos redondos, cuja franquia exigira uma postagem cara. Mamãe me dizia: "Meu coração está pesado."

O quinto me deu muito trabalho: trazia somente uma pena. Eu pensei que ela dizia: "Escreva-me", depois, percebi que se tratava de uma pena de pombo, pela evolução de suas cores, marfim na raiz, acinzentada nas bordas, colorida em arco-íris no final; então, foi aí que a mensagem tomou um novo sentido: ao invés de "Onde você está?" virou "Volte", porque os pombos-correio são orientados a voltar ao lar. Será que ali se escondia um pedido de socorro?

O sexto me confortou, no princípio: ele apresentava uma velha coleira de cão, cujo sistema de fechamento estava quebrado. Mamãe me confirmava: "Você é livre". Como essa era a última mensagem, eu fiquei um pouco em dúvida se ela não quereria dizer também: "Você sumiu e eu não estou nem aí pra você!"

Por que me coube uma mãe como aquela, uma mãe a quem eu não compreendia, uma mãe que não me compreendia? Se eu tinha nascido de seu ventre, eu teria nascido de seu espírito! Esta correspondência confusa resumia nossa situação: não tendo a certeza de entender de fato o que ela não sabia exprimir com precisão, nossa comunicação se estancava; este impasse nos deixava, a ela e a mim, cada dia mais estranhos um ao outro.

Eu me estiquei no chão para refletir. Que bobagem! Esses pensamentos dolorosos, que vieram a galope, me deixaram prostrado em sofrimento até a manhã seguinte.

Durante uma semana, contentei-me apenas em sobreviver: de lixeira em lixeira, em função dos horários dos restaurantes, dos lixeiros ou da polícia, eu me arrastava sozinho, nutrindo-me de restos, dormindo nos intervalos.

No sábado, fui acordado por uma dor aguda. Um corvo, pensando que eu era um pedaço de carniça no meio do lixo, me atacou a cabeça como se fosse quebrar a casca de um ovo duro.

Meus gritos provocaram sua fuga. Abrindo os olhos, vislumbrei no céu de granito uma nuvem ondulante de pássaros negros, que, subitamente inquietos, haviam largado sua presa.

Tóquio, quatro horas da manhã... Talvez o único momento em que a vida humana pode gozar de um descanso, quando a cidade negra, de pedra, de concreto, com os viadutos que se estendem e se enrolam como cipós, torna-se uma floresta na qual os animais vêm beber, se nutrir. Ratos e corvos reviram os detritos; os ratos abandonam as entranhas da terra, buracos, túneis, estacionamentos, galerias para se aventurar pelas ruas desertas, os corvos abandonam seus poleiros, torres, antenas, postes de luz para recortar com seus bicos pulsantes os corpos orgânicos em decomposição.

Na realidade, aqui, depois de muitos meses, mais exatamente após uma semana, eu me imaginava levando a vida de uma ratazana ou mesmo de um corvo: tomava posse de lugares abandonados, escondia-me, tinha medo, alimentava-me de restos. Pior, eu vivia ainda pior que eles. Porque se para um humano é decair quando renuncia a seus semelhantes, talvez para um rato ou um corvo fosse até interessante ingressar na sociedade dos homens. Uma espécie de promoção, chegar à capital... Sim, talvez fosse muito chique ser uma ratazana em Ginza – um bairro elegante – ou um corvo em Shinjuku – centro comercial importante. Em relação a seus primos da província ou do interior, os ratos e os corvos de Tóquio poderiam sem dúvida se considerar como ratos e corvos bem sucedidos.

Eu, eu era menos que isso. Menos que um rato de Ginza, menos que um corvo de Shinjuku; tinha perdido tudo – teto, status, emprego, honra, dignidade – tudo perdido, salvo a liberdade. Liberdade? Qual liberdade? A de escolher entre a morte rápida e a doença vil e demorada.

Foi neste estado que meus pés, aqueles que estavam mais avariados, mais ferrados que eu mesmo, me conduziram sozinhos, no sábado à noite, à luta de sumô. Saí do metrô na estação Ryogoku e adentrei no Kokugikan, o Palácio Nacional do Sumô, um imenso edifício, trepidante. Na entrada, espectadores frustrados me assediaram logo que perceberam um ingresso em minha mão propondo-me pagar o dobro ou o triplo do preço por ele.

Mal tinha acabado de me sentar, quando Shomintsu, que estava acomodado não muito distante de mim, se levantou e veio em minha direção.

– Ah, você veio!

Ele irradiava tanta satisfação que acabou me contagiando com ela e tive vontade de sorrir. Antes disso, felizmente ele falou:

– Eu duvidava que você chegasse. Eu duvidava que a curiosidade o trouxesse.

– Curiosidade? Você pirou, Tartaruga? Eu vim por piedade. Eu não estou nem aí para um velho patético que enxerga um gordo em mim e que, por duas vezes, quase quebra a espinha para colocar um ingresso a meus pés.

Ninguém conseguiria imaginar o quanto, no mais profundo de mim, senti-me feliz em humilhar Shomintsu, em constrangê-lo. Estava tão feliz que, por pouco, no lugar de insultá-lo, eu quase o abracei.

Meu discurso deveria tê-lo abatido: normalmente, a compaixão mata um oriental, não existe nada mais humilhante para ele.

Mas ele sorriu e segredou-me ao ouvido:

– Você tem sorte: esta é a última luta de maio.

Durante um segundo, tive a impressão de que Shomintsu sabia enxergar a verdade que havia em mim, sabia que eu estava dando uma de gostoso, estava me exibindo e que, no fundo, eu falava o que não pensava. Então, sem mais delongas, ele voltou ao seu lugar.

Logo depois, ao som dos aplausos e do rumor da multidão que gritava seus nomes, os adiposos lutadores se reuniram sobre a arena para o ritual de saudação, mastodontes desnudos cingidos com aventais bordados brilhantes. Eu acreditei que tinha caído em um hospício. Ao meu redor, os espectadores, milhares, centenas de pé porque todos os lugares haviam sido vendidos, ululavam seu entusiasmo por aquelas salsichas multicores.

Então, sob um teto de madeira suspenso por cabos, que lembrava um santuário shinto, os combatentes se engalfinharam por não mais de vinte segundos, o suficiente para que um deles, sobre o ringue de barro coberto por uma fina camada de areia, jogasse seu adversário para fora do círculo delimitado por cordas de palha ou enviasse direto ao chão uma parte do corpo do outro que não fossem os pés.

Eu achei este jogo tão ridículo que custei a acreditar que havia entendido as regras. Considerando também que havia uma profunda desigualdade de chances entre os concorrentes já que um homem de cem quilos podia enfrentar outro de duzentos.

Nesta noite, se inteligência consiste em mudar de opinião, eu me saí bem na prova de inteligência. Nessa competição, entrei hostil; saí conquistado. Agora que havia começado a olhar com meus próprios olhos, ao final da noitada percebi que tomava emprestado o olhar dos outros, o olhar que dava emoção ao espetáculo.

Com meus olhos, dentre os sumôs, onde o mais leve pesava noventa e cinco quilos e o mais pesado, duzentos e oitenta, eu só percebia os doentes, os obesos que deveriam ser internados com urgência em clínicas; com os olhos de meus vizinhos, aqueles que comentavam golpes, performances, táticas dos combatentes, comecei a enxergar os lutadores sob os monstros, os atletas sob a gordura. Seus rostos plácidos dissimulavam a briga, suas envergaduras monumentais não excluíam a vivacidade, seus volumes abrigavam força e músculos. De combate em combate, eles transformavam o inútil em útil, suas massas se convertiam em arma, seus excessos de peso, uma força, suas gorduras um martelo ou um escudo.

Com meus olhos, dentre os sumôs com corpos lisos, de pele glabra, cabelos oleosos arranjados em um coque, eu via apenas bebês gigantes, repulsivos, bonecos vivos de calções; com os olhos de meus vizinhos, eu suspeitava que eles eram homens, até mesmo atraentes, sedutores, autênticos símbolos sexuais segundo algumas garotas da plateia que não escondiam seus desejos. Esta descoberta, sem dúvida, foi a que mais me desconcertou.

À medida que cada lutador tentava ejetar seu adversário do círculo do jogo, eu lutava contra meus preconceitos, para então ejetá-los um por um também. Não, eu não podia depreciar pessoas que devotavam suas vidas ao combate, que provavam ter tanto engenhosidade quanto força, porque a massa não induzia à supremacia: às vezes, a técnica, a agilidade, a astúcia concediam a vitória ao mais fraco. Insinuou-se em mim uma paixão por esses encontros, surpreendi-me a comparar, a classificar meus favoritos. Ao final, levantei-me junto com os outros espectadores e aplaudi com entusiasmo, sem remorso, o vencedor, Ashoryu, agora o meu herói.

Ainda mais porque Ashoryu, denominado *yokozuna* – campeão dos campeões pela federação, – era japonês e conservava seu título contra dois formidáveis *ozekis* – os melhores depois do *yokozuna* – um mongol e um búlgaro. Tínhamos a impressão de que com sua colocação acima dos estrangeiros ele conservava o sumô dentro do santuário de nossa ilha, assim salvando nossa honra, a dos japoneses criadores dessa arte. Ademais, os estrangeiros, murmuravam as mulheres atrás de mim, sobretudo os europeus, não passavam de duas cópias: eles não são condenados, ao contrário dos japoneses, a se depilar nas nádegas e nas coxas.

Shomintsu se aproximou; agora era eu a perguntar:

– Algum de seus lutadores ganhou hoje?

– Ashoryu, *o yokozuna*, saiu de minha escola.

– Meus cumprimentos.

– Eu os transmitirei. Não tem mais nada a me dizer?

– Não. Sim. É que...

– Fala, estou escutando.

Foi então que coloquei a questão, aquela que, após alguns minutos, se tornara a mais essencial em minha existência.

– É verdade mesmo, Shomintsu, que você vê um gordo em mim?

Assim que entrei em sua escola, situada numa rua paralela à do Kokugikan, Shomintsu ofereceu-me um chá e indicou meu quarto – um lugarzinho minúsculo que comportava um catre, um armário e um banquinho.

E então, me pediu para entrar em contato com meus pais.

– Eu não os tenho mais.

– Jun, eu não posso alojar você aqui. Você é menor de idade. Preciso da permissão deles para recebê-lo no meu centro.

– Eu não tenho pais.

–Você nasceu de um repolho ou de uma rosa?

– Nasci de um homem e de uma mulher, mas eles não estão mais neste mundo. Eles estão mortos.

– Ah... eu sinto muito, Jun.

– Menos que eu.

Ele me observou, esperando que eu soltasse mais informações.

– Os dois?

– Os dois.

– Ao mesmo tempo?

– Se eles conseguiram gerar um filho juntos... morrer juntos foi fácil!

Como de hábito, era fanfarronada minha, tentando dissimular meus sofrimentos com histórias, raiva, exagero, sarcasmo, mas ele mordeu a isca.

– O que aconteceu?

– Um acidente de carro. Meu pai era péssimo motorista. Aliás, meu pai era péssimo em tudo. O único ato que ele fez bem foi jogar seu carro contra um pinheiro manso e assim fabricar dois cadáveres impecáveis, o dele e o de minha mãe.

– Quando isso aconteceu?

– Vamos falar de outra coisa?

Daí em diante, cada vez que Shomintsu voltava a questões sobre minha infância, minha família, meus estudos, eu respondia da mesma forma:

– Vamos falar de outra coisa?

Essa saída esquiva calava o questionamento. Pela minha avareza de respostas, eu pensava ter convencido Shomintsu, mas iria perceber logo mais que não tinha conseguido enganá-lo.

Com os aprendizes, eu estudava o dia inteiro, me iniciando nos 82 golpes autorizados e nos proibidos, lutando com os mais leves, correndo para desenvolver a força de minhas pernas, trabalhando o ataque e como distender o corpo. Melhor que meus colegas, por causa da minha precedente vida de rua, eu suportava a dureza do nosso cotidiano, a falta de calefação nos momentos mais frios do inverno, de roupas protetoras para os aspirantes, os combates em terra batida que nos deixavam negros, sujos, o suor colando a poeira em nossas peles. Mesmo as humilhações dos mais velhos, mesmo a obrigação de servi-los como escravo não me abatiam. Eu cedia ao prazer inédito de admirar Ashoryu: quando o campeão dos campeões, que vivia fora dali porque suas vitórias o tinham deixado rico, vinha treinar conosco, eu acompanhava os gestos dele com toda a paixão. Se ele fosse comparado aos seus adversários, não havia razões objetivas pelas quais ele não vencesse: era mais volumoso, mais rápido, mais musculoso. Ainda mais: quando ele subia ao *doyo*, não havia ninguém mais concentrado. Ele dominava com seu pensamento. Quando agia, era como se possuísse uma intuição superior que o elevava acima da situação e ele acabava optando pela melhor decisão de combate e vencendo seu adversário.

O contraste entre seu aspecto maciço e sua delicadeza me fascinava. Muitas vezes, após a sesta, ele cantava maravilhosamente com uma voz sedosa, tocando violão com seus dedos delicados. O duelo entre a agressividade dominante em competição e a suavidade de sua vida transparecia quando ele se expunha no ringue.

Na saída, frequentemente o esperava uma garota, Reiko, uma adolescente esquelética de tranças, que devia ter 15 anos. Eu nem olhava para ela. Já que nenhum dos aprendizes ousava endereçar um olhar a Ashoryu ou abordá-lo, fazíamos o mesmo com a irmã dele.

Entretanto, foi ela que um dia se aproximou de mim enquanto o irmão conversava no vestiário.

– Um dia vou me casar com você.

Achei que essa garota era muito cara-de-pau, mas como ela era a irmã de meu ídolo, eu me contive para não insultá-la e só perguntei:

– Como você sabe?

– Nós, garotas, sabemos de coisas que os garotos nem desconfiam!

– Ah, é? O que mais você sabe?

– Sei também que nós teremos filhos juntos.

– Para com isso! Eu nunca vou ter filhos! Jamais!

Os olhos grandes dela se encheram de lágrimas e, para esconder o súbito desespero, Reiko escondeu o rosto entre as mãos.

Fiquei bem preocupado se ela não iria me denunciar ao irmão. Nesse caso, eu estaria perdido: ele me esmagaria como a um gafanhoto.

Mas logo ela enxugou suas lágrimas, se recompôs, levantou os ombros em minha direção e, como Ashoryu passasse por ali, ela segurou no braço do irmão e saiu sem dizer palavra.

Uma semana mais tarde, meu medo de represálias se dissipou e eu nem pensei mais nela.

Aprender é agradável. Desaprender é menos. Tornando-me um aspirante a sumô eu via como as aparências enganam. Depois que eu entrara na escola de Shomintsu – também chamada de academia de Shomintsu – uma das mais renomadas entre as cinquenta existentes no Japão, eu não cessava de perder minhas ilusões.

Primeira ideia falsa: comer engorda. Lógico, não? Um veado engorda desde que o cevemos; um saco se enche desde que depositemos coisas nele; comigo, não! Não como um veado, não como um saco. Eu achava bom me levantar às três horas para engolir doze ovos duros antes de voltar a dormir, para depois encadear, a partir das cinco horas, seis refeições ao longo do dia, seis repastos que misturam arroz, sopas ricas, carnes vermelhas e peixes gordurosos, e não tardou mais que alguns meses para eu ter um ar normal, revigorado: mesmo não tendo mais a pele grudada aos ossos ou as articulações muito angulosas, eu conservava o meu manequim, não engordava. Constantemente nauseado, arrasado por uma digestão interminável, estava desgostoso, desgostoso de mim, desgostoso com a nutrição. No começo, atribuía minha derrota ao fato de vomitar: entretanto, após três meses minha técnica de absorção melhorou, conseguia enfim, ao sentir a náusea, alongar a coluna e respirar com precaução para contrair meu estômago em digestão; porém, a balança não obedecia a meus progressos, o ponteiro subindo apenas algumas centenas de gramas. Eu me sentia maldito! Shomintsu me explicou que agora, no meu caso, o melhor seria gastar, ao invés de consumir: eu deveria intensificar o esporte, desenvolver um programa de musculação.

Segunda ideia falsa: querer é poder. Assim que Shomintsu estabeleceu a lista de meus exercícios com pesos e halteres, eu me convenci que chegaria lá porque eu queria. Ora, meu espírito me jogava milhares de golpes tortuosos que me impediam de atingir meu objetivo, me oferecendo sempre uma boa razão para me afastar do treino, fadiga, dor de barriga, dor de cotovelo, um golpe de tristeza, uma crítica que me desagradava, um ferimento recebido em combate. Quanto mais eu persistia na minha ideia de me tornar um campeão, mais eu parecia incapaz de cumprir minha vontade; esta se revelava frágil, minoritária, dominada por instâncias mais fortes que ela, meus humores, minha depressão, minha preguiça, meus limites psíquicos. Minha vontade não dirigia o barco, ela permanecia como um marinheiro doente no cais, onde ninguém lhe escutava os gritos.

Terceira ideia falsa: Shomintsu devia, segundo eu imaginava, fazer parte da comunidade religiosa shinto, como a maior parte dos sumôs, há milhares de anos. Na realidade, Shomintsu seguia a voz do zen budismo. Ele meditava por horas seguidas, sentado na posição de lótus em um jardim zen, onde deixava passar metade do dia.

Tantas desmistificações em um ano! Tantas convicções derrubadas! Meus pontos de referência resvalavam, eu caminhava sobre um cemitério de ideias mortas, entre os túmulos de minhas crenças antigas, não sabendo mais o que pensar.

– Você pensa mal, Jun! – avisou-me Shomintsu, suspirando, um dia. – Primeiro, porque você pensa demais. Segundo, porque não pensa o suficiente.

– Eu não o entendo: fala em preto e branco ao mesmo tempo!

– Você pensa muito porque interpõe o pensamento entre o mundo e você mesmo; você fala mais do que observa; você projeta ideias preconcebidas quando nem alcança o significado dos fenômenos. No lugar de olhar a realidade como ela se apresenta, você a enxerga através das lentes tingidas que coloca sobre o nariz; evidentemente, por trás de vidros azuis, o universo aparece azul; por trás de vidros amarelos, o amarelo domina; atrás de vermelhos, o escarlate mata as outras cores... É você quem empobrece sua percepção porque vê ali apenas o que você seleciona: seus pré-julgamentos. Lembre-se, depois da primeira luta de sumô a que você assistiu, do tempo que demorou para passar do desprezo para a admiração!

– Está bem, eu concordo, eu penso demais. Mas me responda, como pode afirmar que eu não penso o suficiente?

– Você não pensa o suficiente porque repete os lugares-comuns, as opiniões vulgares que você toma por verdades, deixando de analisá-las. Um papagaio preso dentro de uma gaiola tem pré-julgamentos. Você pensa demais, mas não o suficiente, porque você não pensa por si mesmo.

– Obrigado. Eu gostava muito de mim, mas com essas críticas, não vai ter jeito.

– Meu querido Jun, eu não desejo que você tenha uma melhor ou uma pior opinião sobre você mesmo, eu desejo que você cesse de ruminar sobre você. Que se liberte.

Este gênero de conselho que eu não conseguia entender, era percebido como: "Estou querendo é me livrar de você", o que me entristecia.

Depois de nove meses de esforço, eu fiz um balanço: se eu tinha mesmo a altura necessária para virar um sumô – era preciso medir um metro e setenta e cinco –, eu estava longe de chegar ao peso mínimo, 75 quilos. Ainda me faltavam 20.

Quando eu pensava no hercúleo Ashoryu, não podia deixar de babar. O que eu não daria para chegar a 150 quilos, como ele! Os imensos, os mastins, os titãs, aqueles que excediam os 220 quilos, eu não os invejava, avaliava que eles pertenciam a uma outra espécie, como monstros pré-históricos perdidos em nossa época, dinossauros ou diplodocus humanos que estariam nos visitando. Bastava pesar 150 quilos, talvez 100! Até mesmo 90!

Um domingo à tarde, na hora da cerimônia do chá, eu juntei minhas coisas em minha mochila, calcei galochas, coloquei meu casaco e fui até Shomintsu.

– Mestre Shomintsu – com o tempo, a exemplo de meus companheiros de academia, eu havia me acostumado a chamar Shomintsu de "mestre" – eu desisto. Tudo o que eu consegui foi deixar crescer meus cabelos. Além disso, zero. Portanto, eu vou-me embora.

– Sabe por que você não consegue engordar?

– Impasse psicológico. A nutrição, ou eu a rejeito ou a queimo. Eu não a assimilo. Deve ser genético. Mais um presente maldito que vem de meus pais. Decididamente, eles não me ajudaram; primeiro, erraram ao me fazer nascer. Segundo, deram-me um corpo que não aproveita os alimentos.

– Quanto pesava seu pai?

– Podemos falar de outra coisa?

– Podemos também não falar nada.

Silêncio.

– Eu vou deixá-lo, mestre Shomintsu. Realmente é impossível, para mim, me tornar sumô.

– Entretanto, eu ainda vejo um gordo em você.

– O senhor deveria admitir que uma vez na vida se deixou enganar, mestre. Eu não engordarei nunca. Além do impedimento físico, há um impedimento psicológico, eu não tenho vontade.

– Falso. Você tem muita vontade.

– Ah?

– Sim, você encontra milhares de razões para sustentar aquilo que decidiu. Na realidade, você possui um bloco de vontade, mas é de má-vontade. Uma pena, porque o caminho para subir é o mesmo que se usa para descer. O que o seu pai fazia?

– Podemos falar de outra coisa?

O silêncio se instalou entre nós. Eu poderia ter dito de novo: "vou embora", ou poderia ter deixado o silêncio prosperar entre nós, pressentindo que seria melhor do que qualquer coisa que eu falasse.

Depois de um longo momento, Shomintsu pegou uma castanha numa vasilha e mostrou-a para mim, dizendo:

– Eu vou lhe explicar, Jun, por que você não se desenvolve. Se eu plantar esta castanha em uma terra rica, boa, bem revolvida, ela terá boas chances de se desenvolver, mergulhando suas raízes e virando uma árvore. Mas se eu a colocar aqui...

Ele depôs a castanha no chão de cimento.

– ... ela secará, morrerá. Por que você não aproveita? Porque não pode se nutrir de si mesmo: você se desligou de sua alma, colocando-a sobre um solo artificial; um grão não pode ir além do cimento. Sem raízes, você não crescerá!

– Então o que é o cimento em mim?

– A inconsciência.

– Não entendo.

– Você agoniza porque recobriu tudo, suas emoções, seus problemas, sua história. Você não sabe quem é, então você não constrói a partir de você mesmo.

Eu refleti longamente e depois repliquei com calma:

– O senhor se confunde, mestre Shomintsu, porque me conhece mal. Eu sei quem sou.

– Está bem, ignoro muitas coisas sobre você, mas isso não me confunde. Para mim, você pode esconder seu nome, sua origem, seus traumas, tudo isso não me impedirá de viver. Já a você, se você se esconde de si mesmo, isso o impedirá de viver.

– Meu passado não tem interesse algum. O senhor ficaria decepcionado.

– Hum... Quando se diz pouco, se esconde muito.

– Se digo pouco, é para esquecer muito.

– Este é o seu erro, Jun. Aquilo que reprimimos pesa mais que aquilo que exploramos. Hoje, você pode partir e renunciar a uma carreira de sumô: eu não o reterei. Entretanto, eu tenho medo de que assim você deturpe seu destino. Se continuar assim, Jun, você não terá futuro.

O que me deixava bobo era que no fundo de mim eu sentia que ele tinha razão, mas eu era incapaz de admitir. Então me calei.

– De onde você vem, Jun?

– De um minúsculo canto da imensa periferia de Tóquio. Um lugarzinho que nem se sabe mais se está no interior ou já na cidade. Uma única certeza: é feio.

– Onde você morava?

– Em um apartamento no alto de um prédio.

– Foi feliz na infância?

– A infância é a felicidade, certo? Mas era preciso que eu saísse de lá.

– Quando você saiu?

– Lá pelos sete anos. Por causa de minha mãe.

– Quem é sua mãe?

– Um anjo.

– Jun, eu gostaria que você me contasse a verdade.

– Mas esta é a verdade, mestre Shomintsu. Minha mãe é um anjo.

– Então prefiro que se cale, Jun.

– Mas eu juro que é verdade, Shomintsu. Minha mãe é conhecida como Anjo em todo o bairro em que vivíamos. Minha avó me contou que desde criança minha mãe era chamada assim. O apelido viria primeiro de seu físico, porque ela é pequena, esbelta, com olhos lindíssimos, impositivos, profundos, e uma boca iluminada por um sorriso constante; vem também do fato de que ela é mesmo um anjo, gentil, servil, devotada, de bom humor, nunca fazendo o mal, ignorando a maldade ou a mesquinharia das pessoas. Quando eu nasci, os vizinhos me chamavam de "Filho do Anjo". Que eu cometa hara-kiri se estou mentindo!

Ele balançou a cabeça, concordando. Pareceu acreditar em mim. Tocou em minha mão me incitando a continuar.

– Você deve se considerar com sorte por ter uma mãe assim.

– Muita sorte. Mas quanto sofrimento...

– Por quê?

– O amor. Faltava-me o amor.

– Você acredita então que sua mãe...

– Sendo minha mãe um anjo, ela distribui amor ao universo inteiro. Todo mundo é importante aos olhos dela, o vizinho, um passante, um desconhecido, um estrangeiro. A mim ela não ama mais que a qualquer outro. Ora, eu sou o filho dela, o único a quem ela deveria amar e a mais ninguém.

Como eu começasse a chorar para conseguir explicar aquilo, segurei minha respiração e recomecei, tentando ser objetivo.

– No dia do meu aniversário de sete anos, ela havia organizado uma festa, uma festa imensa com todos os meus colegas de escola e da rua. Ganhei um monte de presentes.

– E então?

– Nessa mesma noite, ela doou todos os brinquedos que eu ganhara aos pobres que haviam implorado dizendo que eles jamais tiveram coisas tão boas. Ela distribuiu meus brinquedos! Sem hesitar um segundo. Meus brinquedos! Sem verificar se as crianças pobres haviam mentido ou não. Sem me consultar. Nessa noite, na noite dos meus sete anos, na idade da razão, eu concluí: já que ela me ama tanto quanto a qualquer outra pessoa, eu não tenho nenhuma vantagem nisso; na realidade ela não me tem amor.

– Isso é ciúme.

– Não, decepção. Por mim e por ela. Nada de excepcional nos liga. Como ela é excepcional com todo mundo, comigo ela é normal. Desagradável. Humilhante. Eu acredito que a detesto. De fato, eu fico entre duas ideias: às vezes, é a ela que eu detesto; outras, a mim.

– Você a evoca no presente: ela não estará morta, como você disse?

– Não, ela está viva. Mas como um anjo, ela não é deste mundo.

– E seu pai?

– Meu pai foi tomado por um anjo. Ele não era um deles.

– Explique!

– Um dia, ele se jogou do alto do prédio onde morávamos. Dez andares.

– E então?

– Ele se esborrachou no chão. Morte na hora. O que prova que ele não era um anjo, já que um anjo sabe voar.

Agora Shomintsu percebia porque eu havia me calado: no Japão, não se fala do suicídio de um próximo, é assunto tabu, porque esta sombra degrada a honra de uma família.

– Enquanto meu pai estava aqui, eu ia à escola; enfim, quando digo "quando meu pai estava aqui", não emprego as palavras corretamente, já que mesmo quando meu pai estava aqui, ele jamais estava. Ele trabalhava em Tóquio, noite e dia. Se alguém me pedisse para desenhar meu pai, eu teria desenhado o barbeador elétrico no banheiro, um nome na caixa de correio, um armário contendo três pares de sapatos e dois ternos escuros; eu teria desenhado, também, sim, o silêncio que era preciso respeitar, no sábado ou no domingo, já que ele se fechava para tentar dormir depois de uma noite insone. Muitos de meus amigos também não se beneficiavam da presença de um pai, mas a maioria pelo menos tinha o direito a um pai-durante-as-férias. Eu teria adorado isso, ter um pai-durante-as-férias, um cara de shorts, ridículo, insistente, teimando em ensinar coisas incríveis, bicicleta, patins, esqui, surfe, drible, essas coisas de garotos que lhes permite se exibir na frente dos outros meninos. Eu não tinha pai-durante-as-férias visto que meu pai renunciava aos feriados, muito ocupado por sua profissão e pelo pagamento de nossos empréstimos imobiliários.

– Por que ele saltou no vazio?

– *Karoshi*. Excesso de trabalho. Doente, ele trabalhava na clínica virando a noite vários dias por semana; ele dormia pouco, mal, cada vez com mais dificuldade. Seus mal-estares começaram pelas arritmias cardíacas, depois uma diabete, o estresse revelando ou desenvolvendo as doenças que ele carregava em si mesmo. Ao final, ele estava tão cansado que, a meu ver, ele preferiu se suicidar a sofrer um infarto ou uma hemorragia cerebral que o abatesse.

– Você ficou triste?

– Não sei.

– Como assim, não sabe?

– No dia da incineração, quando as lágrimas me enchiam as pálpebras, vi minha mãe, inquieta, braços abertos, se precipitar em minha direção; aí, eu senti que nós iríamos nos reencontrar, nos amar, nos comportar como uma verdadeira mãe e um verdadeiro filho que choram o marido e o pai desaparecido. Eu iria oferecer a ela meus soluços, compartilhar os dela. Ora, minha mãe a cinquenta centímetros de mim, virou para seu lado direito, passou por mim, e então apertou entre seus braços um desconhecido parado atrás de mim para consolá-lo, depois um outro e assim por diante. Durante a cerimônia e as horas que se seguiram, ela se ocupou dos membros da família, dos mais próximos aos mais longínquos, ela abraçou estranhos, velhos amigos de meu pai, antigos pacientes, o pessoal da funerária, os vigias do cemitério. Uma palavra gentil para cada um. Ele consolava, ela sorria, ela agradava, até rir, ela riu. As tristezas alheias lhe pareciam mais importantes que as suas mesmas, ou as minhas. Eu, então, parei de chorar. Alguns dias depois, eu parti.

Shomintsu concordou gravemente, sugerindo que, nessa situação, ele teria reagido de maneira idêntica.

– O horizonte se abre, meu querido Jun. Eu imagino que na escola você foi um bom aluno, não é verdade?

– Sim.

– É muito fácil para mim entender por que você deixou a escola, por que o encontrei pela rua vendendo porcarias, por que você falta ao treino que fixou: você receia trabalhar porque seu pai se matou pelo trabalho, ou o trabalho o matou. Uma parte de você avalia mais prudente ser preguiçoso; uma parte de você deseja falhar mais que empreender; uma parte de você tenta se proteger, não morrer.

Ele apontou para minha mochila.

– Você vai embora?

Eu inspirei e respondi com orgulho:

– Não.

– Você tem razão, Jun. Eu vejo um gordo em você.

A partir desse dia, minha vontade passou a imperar sobre meu cotidiano; Shomintsu, esclarecendo meu presente através de meu passado, tinha conseguido revigorar minha vontade e ele retomou o lugar no comando da nave: eu comecei a praticar meu programa de halterofilismo. Pouco a pouco, conquistei vários quilos de músculos.

É claro que frequentemente eu era assaltado pelo desânimo; para me reconduzir ao bom caminho, eu me lembrava da conversa e repetia para mim mesmo uma frase de Shomintsu: "Eu disse que era possível, não que era fácil."

– Você está progredindo, Jun. Você perde as lutas, mas perde com estilo.

– Obrigado, mestre.

Eu sabia que ele estava me dirigindo um cum-primento sincero porque eu tinha descoberto que, apesar da vontade férrea dele de dar ao Japão um *yokozuna* como Ashoryu, ele não buscava o sucesso em si nem o reconhecimento social – ele amava mesmo era o trabalho bem feito. Ele procurava o desabrochar, a eclosão perfeita da flor.

Em um ano, aumentei meu peso, meu volume, minha força. Mas mesmo me aproximando da capacidade física de meus adversários, não ganhava nenhum combate. Antes, eu não resistia ao impacto inicial, o solavanco me expulsava do ringue. Agora, mais gordo, mais forte, eu encarava o choque, eu encetava o duelo; mais tarde, apesar de meus conhecimentos técnicos e estilísticos, eu não tomava a decisão certa ou a tomava tarde demais. Eu perdia com a regularidade de uma goteira pingando.

– Onde será que está pegando, mestre?

– Observe esta taça de cristal e ouça.

Ele passou o dedo sobre a borda da taça de onde saiu um som puro, frio, cortante como uma navalha brilhante.

– Magnífico.

– Experimente.

Eu tentei reproduzir os gestos de Shomintsu, mas do cristal segurado por mim se elevou um som surdo, pobre.

– É a forma pela qual você segura a taça que o impede de emitir a nota: seus dedos esmagam a ressonância, a gordura de suas falanges a absorve. Você deveria segurar a taça sem segurá-la. Estar e ao mesmo tempo não estar. É igual na competição. Você deve estar presente e ao mesmo tempo não estar. Ser e não ser. Você deve pairar acima de você e de seu adversário para englobar a situação tendo a intuição do movimento adequado. Lembre-se de Ashoryu.

– Como ele chegou a isso?

– Pela meditação. Obtendo o vazio em si mesmo.

– Desesperador: antes, não havia gordura em mim; agora que a gordura chega, não há nada de vazio!

– Você deveria se iniciar no budismo zen.

– O shinto me parece mais apropriado, já que os sumôs o praticam há muito tempo.

– Eu aprecio o shinto, Jun. Entretanto, eu comecei a praticar o zen antes do sumô. Posso então lhe transmitir alguma coisa do zen budismo.

– De toda forma, isso não tem importância, porque o shinto, o budismo tibetano, o budismo zen, é tudo bobagem. Não há de fato nenhum melhor que o outro. Causa-me espanto que o senhor consagre seu precioso tempo a essas velharias, essas superstições.

– Você está me gozando, Jun?

– Não precisamos de religião para viver.

– De religião, talvez não. Mas de espiritualidade, sim.

– Bobagem! Brincadeira! Lorota! Eu vivo muito bem sem isso.

– Ah, é? Você vive muito bem?

Ele marcou um ponto: minha angústia piorou e eu joguei a toalha.

– Enfim... eu... parece-me que... ao contrário... porque eu...

– Jun, se o que você quer dizer não é melhor do que o silêncio, cale-se.

Uma semana mais tarde, o tempo de esquecer a vergonha por minha resposta idiota, eu me reapresentei a Shomintsu.

– Poderia me ajudar a alinhar meus pensamentos com meu corpo?

– Sente-se no chão em frente a mim, empurre a bacia para frente, endireite a coluna vertebral, concentre-se sobre a verticalidade de sua postura.

– Vamos ver.

– Não dobre o ventre, não se contraia, inspire e expire lentamente.

– Vamos lá.

– Deixe passar os pensamentos com a respiração, deixe-os aparecer e desaparecer.

– Eles vêm aos borbotões, meus pensamentos correm torrencialmente.

– Conduza o fluxo.

Após uma semana de treino, depois que eu consegui trabalhar mais calmamente, Shomintsu me deu mais uma tarefa.

– Agora, tente não pensar em nada.

– Em nada?

– Em nada.

– Como se eu estivesse morto?

– Não, como se você fosse uma flor ou um pássaro de primavera. Não pense mais com sua consciência pessoal, pense com outra consciência, a consciência do mundo, a de uma árvore que desabrocha, a da chuva que cai.

Durante duas semanas, eu tentei em vão. Meus pensamentos habitaram meus pensamentos, minha consciência se agitava dentro de minha consciência, não em outro lugar.

– Impossível. Encurralado, mestre. O que fazer?

– Vamos ao jardim.

– Vamos plantar?

– Não, vamos ao jardim zen.

Subindo ao jardim zen, eu continuava totalmente desanimado. Sobre um retângulo de uma dezena de metros, ladeado por bancos antigos, canteiros de pedras cobertas de musgos colocadas entre areia desenhada. Era cretino. Não somente este jardim mineral não vivia, como eu não via em que este trabalho de jardineiro preguiçoso poderia melhorar minha vida ou trazer uma solução a meus problemas.

– Sente-se e observe.

Em respeito a Shomintsu, a quem eu devia qualquer esforço, sentei-me na lateral deste absurdo espaço. Dentes cerrados, testa franzida, eu apoiei o queixo na mão e fingi me concentrar, a fim de contentar meu mestre.

De aborrecimento ou para evitar o aborrecimento, meu pensamento começou a vagar. Eu sonhei com Ashoryu, com minha mãe. Subitamente, perdi o equilíbrio porque vagando, minha consciência se colocou no lugar de meu pai e eu acabei vivendo o último momento quando ele estava balançando no terraço... Eu tinha sentido a sensação de cair com ele. Inquieto, eu perscrutei os olhares para verificar se eu não havia gritado; as pessoas instaladas ao longo do retângulo não pareciam haver notado meu problema, o que me deixou tranquilo.

Para voltar, eu concentrei minha atenção nos traços que o ancinho havia deixado no chão. Meus olhos os seguiam com apatia.

Foi então que a experiência se produziu. A princípio, pensei que estava passando mal.

Depois de algum tempo, eu provei de uma estranha sensação. Eu estava tonto. Tudo girava ao meu redor. Eu não sabia se navegava numa onda ou se era a própria onda. Alguma coisa se preparava, alguma coisa enorme, imensa, tonitruante.

Em seguida, uma força se introduziu, me inflou, me tomou, me elevou. Fui tomado por uma explosão doce, não dolorosa, ao contrário. Meu corpo vibrava com volúpia, abandonando seus limites, e minha pele parecia se rasgar em milhares de pedacinhos, separados e flutuando por todo o jardim. O próprio jardim havia mudado de perspectiva, uma simples pedra se transformara em uma montanha, os regatos, em lagos, a areia, em mar de nuvens. O jardim visível havia cedido lugar a um jardim invisível que derramava uma energia benfazeja.

Em um instante, acordando de um pesadelo onde eu era prisioneiro, eu me lembrei de uma realidade esquecida, aquela que havia nos constituído. Cessei de ser Jun para ser o cosmos, circular, imóvel e, entretanto, em movimento.

Tive a impressão de ser o vazio entre os objetos, o vazio entre os homens, o vazio entre as palavras que se despojavam de seus significados, o vazio entre as ideias que se esvaziavam. Eu havia saído de mim, eu era o vazio ao redor de mim, o vazio, este vazio que é o verdadeiro centro do universo.

– Você já está meditando há mais de três horas.

A voz de Shomintsu me obrigou subitamente a reintegrar o corpo de Jun.

– O quê? Três horas? Eu... Eu... Eu não vi o tempo passar, eu...

– Não precisa se explicar. Eu entendo. Melhor assim. Você conseguiu. Estou feliz por você.

De volta à escola, antes de passar pelo pórtico, tive uma segunda vertigem: eu revi Reiko, agora uma jovem sublime, sem nada mais a ver com a adolescente em quem eu tropeçara um ano e meio atrás, e que reconheci apenas porque ela esperava pelo irmão, Ashoryu, em sua limusine.

Marcando o passo, eu parei bem em frente a ela, incapaz de avançar nem de articular uma palavra, estupefato, maravilhado, admirado.

Minha estupidez, longe de incomodá-la, a fez corar. Ela fechou as pálpebras, bateu os cílios, baixou o rosto. Sua nuca tinha uma graça rara, eu quase fugi.

A partir deste dia, eu mudei: de um lado, eu meditava e não sonhava com nada; de outro, eu sonhava com Reiko e apenas com ela.

O atleta melhorava. A meditação amplificava meu poder de concentração. Graças a ela, eu deixei de ser vítima de minhas emoções; eu as experimentava, algumas, mas eu as distinguia mais facilmente; assim, na hora de subir ao ringue, eu impedia o medo de me despojar de minhas medíocres condições, eu comecei a não mais me deixar desconcentrar pelo desdém de meu adversário antes do combate. Dali em diante, era eu que o dominava, que o absorvia, que o diminuía, que o anexava como uma simples parte de mim.

Em seguida, eu trabalhei o *satori*, a intuição, esta forma de se esvaziar de seu próprio ego e de se unir à habilidade técnica. Quando o árbitro dava o sinal de começar com seu leque, não tínhamos tempo de pensar, ou melhor, a consciência não tinha mais tempo de pensar, era preciso que fosse o corpo a fazê-lo. Durante esses segundos em que não se respira mais, é preciso desatar a fúria sobre o parceiro, adivinhar sua tática, descobrir o momento de fraqueza dele, desencadear o bom golpe que triunfa.

Fora do ginásio, Reiko me observava, seu olhar de azeviche, a trança de ébano, a linha pura de seu pescoço, sempre flexível. Após alguns domingos, não aguentei mais, aproximei-me de Reiko enquanto ela esperava pelo irmão.

– Reiko, você é a coisa mais linda que jamais vi sobre a terra.

Ela piscou e fixou o chão.

– Você já viajou muito?

– Durante meses, eu vendi quinquilharias de plástico na esquina de uma avenida de Tóquio, onde vi passar milhões de garotas. Nenhuma chegava a seus pés. Eu serei peremptório porque já tirei a prova: você é a garota mais bonita do Japão.

– O Japão não é a terra inteira.

– Eu tenho certeza. Não vou rodar o globo para compará-la com todos os habitantes, pois já estou convencido de que você está acima de todas.

– Isso está me parecendo uma declaração, não?

– Posso convidá-la para ir ao cinema e depois jantar?

Ela sorriu.

– Por que você imagina que a mais bela garota do Japão deveria sair com um rapaz como você?

– Porque eu sou uma peste, sou tinhoso, um péssimo lutador, um falso gordo ou um falso magro, mas sou um verdadeiro fã seu, o maior dos fãs, o número um. Pode me pedir tudo o que quiser, eu obedecerei!

– Até mesmo assistir a filmes de que só as mulheres gostam?

– Sem problema. Por você, terei gostos de garotas.

– Então, encontre-me aqui, domingo próximo, às cinco horas.

Durante muitos meses, nós fomos ao cinema ver melodramas, comédias românticas que a encantavam porque ela adorava se emocionar e chorar. Eu agia como um cavalheiro, fazendo cara de quem amava aquilo; na realidade, eu adorava isso tanto quanto ela; somente ao lado dela eu segurava minhas emoções; era mais tarde, longe dela, que eu soluçava às escondidas.

Eu não ousava beijá-la, nem pegá-la pelo braço; entretanto, de forma evidente, nossos corpos se aproximavam durante a sessão e, nos modestos restaurantes onde íamos jantar depois, procurávamos um lugar que nos aproximasse um do outro.

Um dia, eu peguei na mão dela, quase sem me dar conta, e a cobri de beijos.

Ela estremeceu e depois me afastou.

– Preste atenção, Jun. Só me relacionarei com um rapaz sério.

– Eu a amo seriamente.

– Eu não vou namorar um garoto que não compartilhe de meus sonhos.

– Presente!

– Eu só me casarei com um homem que queira formar uma família comigo, que queira ter muitos filhos comigo. E logo.

Um tremor me gelou a espinha. Repeti maquinalmente:

– Logo?

– Logo! Se a gente reflete demais sobre o momento ideal para ter filhos, a gente se perde. Minhas tias, que agiram assim, ficaram mofando quarenta anos. Conclusão? Sua gravidez não teve nada de natural, foram verdadeiras epopéias clínicas; elas não ficaram grávidas, ela ficaram doentes; em seguida, a amamentação, depois a educação dos filhos se tornaram uma corrida de obstáculos. Nós dizíamos que minhas tias passavam nos exames junto com seus filhotes, que elas tinham êxito, mas sempre *in extremis*, raspando; eu não tinha a impressão que eram felizes, apenas aliviadas. Eu não quero isso. Ter filhos ainda jovem, no movimento natural do amor, é uma consequência lógica.

– As garotas refletem sobre coisas como essas?

– Sobre muitos assuntos, querido gordo, pilha de músculos com cérebro minúsculo, as garotas têm que refletir por dois.

De meu lado, eu refleti durante uma semana.

No domingo seguinte, eu voltei ao assunto dentro do ônibus, antes de chegarmos ao cinema:

– Reiko, eu a amo muito para mentir. Eu me sinto incapaz de ter filhos.

– Por quê?

– Porque eu nem sei ser um filho. Imagine um pai... Eu jamais criarei filhos.

As pupilas dela se nublaram. Por contágio, as minhas também. Eu tive vontade de me desculpar.

– Veja os pais que tive que arrastar, eu não vou reproduzir os erros deles.

– Em relação a quê? Você não foi o pai de seus pais.

– Meus pais nunca foram verdadeiros pais. Minha mãe: um anjo que ama um mais que o outro, um ser que não pertence a este mundo, embora ela o habite provisoriamente. Meu pai: um nome na caixa de correio, depois um nome na urna funerária. Sem pais, sem exemplos, sem modelos. A mim, falta experiência em matéria familiar.

– Está inventando!

– Não tenho condição.

– Como você sabe?

Eu me levantei do lugar e, rápido, saltei do ônibus andando. Era impossível namorar Reiko, que eu amava, negando-lhe o que ela mais queria.

Voltando à escola, me refugiei aos pés de Shomintsu.

– Acabo de fugir da mulher da minha vida.

– Por trás das nuvens há sempre um céu azul.

– Como?

– Este ditado zen significa que é preciso ter em mente o lado bom dos fenômenos, permanecer otimista. O mais importante agora é que você está progredindo.

Para o torneio de setembro, em Tóquio, logo depois de meus dezoito anos, eu me senti pronto para estrear porque havia alcançado um bom sincronismo entre meu estado mental e minhas performances físicas. Durante quinze dias, à razão de um combate por dia, eu prometi a mim mesmo que provaria a Shomintsu que ele não havia perdido tempo comigo.

No primeiro dia, enfrentei um lutador temerário, baixo e pesado, que contava com a força de seu impacto para vencer. Eu resisti à sua pegada, recuei, mãos agarradas à sua cintura, quando, subitamente, senti meu pé no limite do *doyo*; então, eu girei para a direita, a massa passou diante de mim, como um obus projetado do fundo da sala; ele gritou e caiu.

Fui aclamado.

No segundo dia, eu adivinhei, assim que nos precipitamos um contra o outro, que meu adversário era mais agressivo do que eu. Decidi não me deixar contaminar por sua animosidade, considerei-o um problema puramente técnico, um brinquedo mecânico de corda, eu aparei seus golpes curtos com a palma da mão, eu reduzi a amplitude de seus braços bloqueando seus ombros com meus cotovelos para depois dirigir um golpe brusco em sua perna direita: ele caiu.

No dia seguinte, eu não pude lutar contra a força de um adversário fora do normal – mais de dois metros, mais de duzentos quilos. Com uma corrida e uma pegada no peito, ele me tirou da luta.

No outro dia, um novo colosso se jogou sobre mim. Então refleti: os homens grandes geralmente têm um ponto fraco, um equilíbrio precário que vem de suas pernas compridas e de seus joelhos frágeis. Eu joguei então com rapidez; ágil, brusco, nervoso, eu deslizei como um peixe ao redor dele; desestabilizado, ele procurou meu olhar; tarde demais, já estava no chão.

Nos dias que se seguiram, os espectadores e os profissionais se interessaram por mim. Esperavam por minhas lutas, ansiosamente, eu me tornei a estrela em ascensão do sumô. Por determinados fatores físicos – velocidade, peso, força – entrei para a média baixa; para contrariar, surpreendi por minha adaptabilidade ao adversário; às vezes ardiloso, eu batia palmas para que ele piscasse e aproveitava este instante para pegá-lo pela cintura; às vezes vigoroso, eu o levantava no ar. Em alguns dias, corria a lenda de que eu era brilhante, virtuoso, imprevisível. Na realidade, tudo aquilo vinha da minha concentração. Em cada ocasião, eu planava acima do ringue, e, por uma espécie de intuição, eu agia certo. Se o combate durava, eu me concentrava na respiração e na pele do outro; em sua respiração, eu captava a deficiência e depois atacava; no fremir da pele, eu adivinhava a decisão e me posicionava. Como eu colocava minha consciência no alto, o corpo de meu adversário se tornava minúsculo; minha convicção tornava o peso dele um feixe de palha. Além do mais, eu adorava pairar sobre o ringue; dentro deste círculo de quatro metros e cinquenta e cinco, local de milhares de histórias, milhares de possibilidades de perder ou milhares de possibilidades de ganhar, tudo dependia de mim, do inimigo, de nossa decisão sobre as situações e – um pouco – da sorte. Esse é o palco da vida. É a vida. E eu queria viver!

Ao final do torneio, eu colecionava mais vitórias do que derrotas, os olhos de todos se viravam para mim: eu iria mudar de categoria e galgar os degraus na hierarquia dos sumôs. Uma associação de fãs meus foi criada.

Com meus amigos e com meu ídolo, Ashoryu, que estava deixando as lutas cortando seus cabelos, eu festejei este progresso todas as noites durante uma semana.

No outro domingo, de manhã, eu me levantei abatido, cumpri minhas tarefas, limpei meu quarto e me apresentei diante de meu mentor. O chiado da chaleira elétrica me acolheu dentro da peça vazia onde reinava um buquê de flores.

– Vou parar, mestre Shomintsu. Eu não subirei mais ao *doyo*.

– Mas por quê? Você pesa noventa e cinco quilos e você conseguiu chegar lá.

– Como o senhor disse: eu consegui! O objetivo era esse. Conseguir me dominar, me qualificar em um torneio. Entretanto, meu objetivo jamais foi me tornar um campeão, menos ainda o campeão dos campões. Estou pensando bem?

– Só você sabe.

– O senhor repetiu várias vezes que via um gordo em mim, não um campeão.

– Você me entendeu.

– O gordo em mim está aí, eu o vejo: o gordo não é o que vence os outros, mas o vencedor em mim; o gordo é o melhor de mim que vai à minha frente, que me guia, que me inspira. Aí está, eu vejo um gordo em mim. Agora eu vou emagrecer e começar meus estudos para me tornar médico.

O rosto dele se alegrou visivelmente.

– Obrigado, mestre, por haver me reconduzido ao caminho, por ter me mostrado que eu era capaz de percorrê-lo.

– Você tem razão, Jun. O objetivo não é o fim do caminho, é a caminhada.

– É isso. Eu não quero triunfar, eu quero viver.

– Bem falado. A vida não é um jogo nem uma luta, senão haveria apenas ganhadores.

Ele se levantou.

– Jun, agora é a minha vez de lhe revelar uma verdade que escondi de você. Eu não sou um desconhecido que passava pela rua, eu não o encontrei por acaso, eu não lhe dirigi a palavra por nada.

– Como assim?

– Eu sou seu tio-avô. O irmão de sua avó Kumiko, aquela que colocou no mundo um anjo, este anjo que é sua mãe.

– O quê?

– Por nossos laços de sangue, sua mãe é minha sobrinha. Eu o abordei em Tóquio porque eu tinha uma missão.

– Então foi minha mãe que...

– Sim, ela me escreveu pedindo que olhasse por você.

– Uma carta? Mas como ela terá lhe escrito, se é analfabeta?

– Ela sabe se fazer entender maravilhosamente. Ela nunca lhe escreveu?

Eu baixei a cabeça.

– Sim.

E retirei da mochila a carta mais recente que ela havia me enviado. Como eu a havia advertido de minha vitória por uma carta –

minha primeira após muitos anos –, ela tinha me respondido logo enviando um raminho de louro ao qual havia ajuntado continhas de vidro, fabricando uma coroa de vencedor, o que exprimia sua fidelidade. Ao lado, uma penugem de pintinho me explicava também que, apesar deste triunfo, eu continuava sendo seu bebê.

Shomintsu examinou os objetos, depois bateu carinhosamente em minha mão.

– Agora, venha, quero lhe mostrar um detalhe.

Ele me convidou a segui-lo até seu escritório onde ligou o computador. Rápido, abriu um site médico.

– Olhe. Se sua mãe é um anjo, é porque ela é portadora de um mal raro, uma doença que atinge um punhado de homens e mulheres na superfície da Terra, tão incomum que é de difícil diagnóstico, que não se sabe como tratar nem quais medicamentos usar para combatê-la.

Ele me mostrou na tela.

– É uma doença genética. As pessoas nascem com ela. É chamada de Síndrome de Williams.

– E em que ela consiste?

– Numa má formação cardíaca, uma deficiência intelectual – é por isso que sua mãe não consegue se alfabetizar –, e algumas características físicas, como testa ampla, rosto cheio, boca larga; os portadores se assemelham aos elfos ou aos anjos. A consequência sobre o comportamento é que os pacientes são gentis, muito gentis, incrivelmente radiantes, magnéticos. A doença os deixa otimistas.

– Então ser otimista é uma doença?

– Não. Mas se torna uma doença quando se é otimista demais. O excesso se torna patológico. Sua mãe chegou a este ponto. Ela nada pode contra isso. Ninguém pode. Ela padece de uma doença.

– Então, é normal que ela não seja normal?

– Acertou.

– Portanto eu sou normal por achar isso anormal?

– Acertou de novo.

– Por último, é normal que ela tenha uma conduta anormal e normal que eu não suporte isso?

– Certíssimo.

– Então, se nós dois somos anormais por causa da situação, empatamos: somos normais os dois.

– Sim, Jun. As dificuldades de vocês têm um sentido.

– Que alívio! Se ela é tão gentil até com o maior desconhecido, não é por que ela não me ama?

– Ela ama você, sem dúvida, mais que a qualquer um no mundo. Ela não me pediu para procurar e olhar por você? Essa é a prova, não é?

– Sim!

Eu desatei a rir.

– Shomintsu: eu peso noventa e cinco quilos, mas nunca me senti tão leve!

– Obrigado, Jun.

– Obrigado por quê?

– Obrigado por ter permitido que eu reparasse esses anos de indiferença. Apaixonado demais por minha escola, eu havia cortado os laços com os meus; contentei-me em ir ao casamento de sua mãe e seu pai, personalidades curiosas, ricas de caráter: ele, mais fechado, ela, generosa; depois me distanciei. Graças a você, conquistei um lugar de volta na família. Se você aceitar, Jun, iremos vê-la juntos esta tarde.

Eu aprovei a ideia, louco de alegria.

– Nós vamos, tio Shomintsu, sim, nós iremos abraçá-la, você e eu. Mas antes disso, tenho algo muito importante a fazer.

Saí correndo da escola, peguei um táxi que passava pela rua, o primeiro táxi de minha vida, um elegante automóvel cinza-pérola, com todos os apoios de braço e cabeça cobertos por renda branca.

Assim que o motorista com luvas imaculadamente brancas me levou até o endereço indicado, eu não tive nem mesmo que tocar a campainha, pois a garota, a dona da casa, estava no terraço, sentada em uma espreguiçadeira, lendo um romance.

Eu me aproximei de Reiko e disse, olhos nos olhos, avançando a mão respeitosamente em direção à sua barriga lisa, que palpitava de surpresa:

– Vejo uma gorda em você.

Esta obra foi composta por Eveline Albuquerque em
Iowan e impressa em papel off-set $90g/m^2$
pela RR Donnelley para a Sá Editora
em outubro de 2009.